CONOCE LA CIENCIA ESPACIAL

EL SOL Y OTRAS ESTRELLAS

BERT WILBERFORCE
TRADUCIDO POR ALBERTO JIMÉNEZ

Gareth Stevens
PUBLISHING

ENCONTEXTO

Please visit our website, www.garethstevens.com. For a free color catalog of all our high-quality books, call toll free 1-800-542-2595 or fax 1-877-542-2596.

Library of Congress Cataloging-in-Publication Data
Names: Wilberforce, Bert, author.
Title: El sol y otras estrellas / Bert Wilberforce.
Description: New York : Gareth Stevens Publishing, [2021] | Series: conoce la ciencia espacial | Includes bibliographical references and index. |
Contents: Our sun, our star -- Ball of gases -- The sun's size -- So hot! -- Solar wind -- Star sizes, star colors -- Our star is born -- Supernova! -- Recycling stars -- The Life cycles of stars.
Identifiers: LCCN 2019050763 | ISBN 9781538260371 (library binding) | ISBN 9781538260357 (paperback) | ISBN 9781538260364(6 Pack)| ISBN 9781538260388 (ebook)
Subjects: LCSH: Stars--Juvenile literature. | Sun--Juvenile literature.
Classification: LCC QB521.5 .W55 2021 | DDC 523.8--dc23
LC record available at https://lccn.loc.gov/2019050763

First Edition

Published in 2021 by
Gareth Stevens Publishing
111 East 14th Street, Suite 349
New York, NY 10003

Translator: Alberto Jiménez
Editor, Spanish: Rossana Zúñiga
Designer: Sarah Liddell
Editor: Therese Shea

Photo credits: Cover, p. 1 (main) Aphelleon/Shutterstock.com; background used throughout Zakharchuk/Shutterstock.com; p. 5 Edmund O'Connor/Shutterstock.com; p. 7 (main) khak/Shutterstock.com; p. 7 (diagram) Nasky/Shutterstock.com; p. 9 Withan Tor/Shutterstock.com; p. 11 Nepster/Shutterstock.com; p. 13 janez volmajer/Shutterstock.com; p. 15 Krissanapong Wongsawarng/Shutterstock.com; p. 17 sripfoto/Shutterstock.com; p. 19 Astrobobo/Shutterstock.com; p. 21 Ron Miller/Stocktrek Images/Stocktrek Images/Getty Images; p. 23 McCarthy's PhotoWorks/Shutterstock.com; p. 25 NASA images/Shutterstock.com; p. 27 Allexxandar/Shutterstock.com; p. 29 ComputerHotline/Wikimedia Commons; p. 30 VectorMine/Shutterstock.com.

Printed in the United States of America

CPSIA compliance information: Batch #CS20GS: For further information contact Gareth Stevens, New York, New York at 1-800-542-2595.

CONTENIDO

Nuestro Sol, nuestra estrella	4
Bola de gases	6
El tamaño del Sol	8
¡Tan caliente!	12
Viento solar	14
Tamaños y colores de las estrellas	16
Nace nuestra estrella	22
¡Supernova!	26
Las estrellas se reciclan	28
Ciclos de vida de las estrellas	30
Glosario	31
Para más información	32
Índice	32

Las palabras del glosario se muestran en **negrita** la primera vez que aparecen en el texto.

NUESTRO SOL, NUESTRA ESTRELLA

Nuestro Sol es una estrella. Sin la luz del Sol, la Tierra estaría oscura. Sin el calor del Sol, la Tierra permanecería fría. Las plantas no crecerían, no podríamos vivir. ¡La Tierra se perdería en el espacio! Pero ¿de dónde viene la energía solar?

SI QUIERES SABER MÁS

El Sol nos da luz y calor. Se han encontrado formas de producir **electricidad** a partir de la energía solar, ¡y también energía! Solar significa "del Sol".

BOLA DE GASES

El Sol y otras estrellas están formadas principalmente por los gases hidrógeno y helio. En el núcleo, o centro, del Sol, una gran **presión** hace que los átomos de hidrógeno se junten y formen átomos de helio. Este **proceso** genera una enorme cantidad de energía.

HIDRÓGENO 71 %

HELIO 27 %

OTROS 2 %

SI QUIERES SABER MÁS

La unión de átomos para crear otros nuevos se conoce como fusión nuclear.

EL TAMAÑO DEL SOL

El **diámetro** del Sol es de unas 864,000 millas (1,390,500 km). La circunferencia solar es de 2,715,395 millas (4,370,005 km). Se necesitarían alrededor de 332,946 tierras para igualar la masa del Sol, es decir, su cantidad de materia. ¡En él podrían caber más de un **millón** de Tierras!

SI QUIERES SABER MÁS

Nuestro sistema solar incluye el Sol y todos los cuerpos espaciales que lo orbitan. ¡El Sol tiene más del 99 % de toda la masa de nuestro sistema solar!

Los cuerpos con masa tienen gravedad, que es la fuerza que atrae unos objetos hacia los otros. Los objetos más grandes tienen más gravedad. ¡La masa del sol es tanta que todo en nuestro sistema solar se mantiene en **órbita** debido a su gravedad!

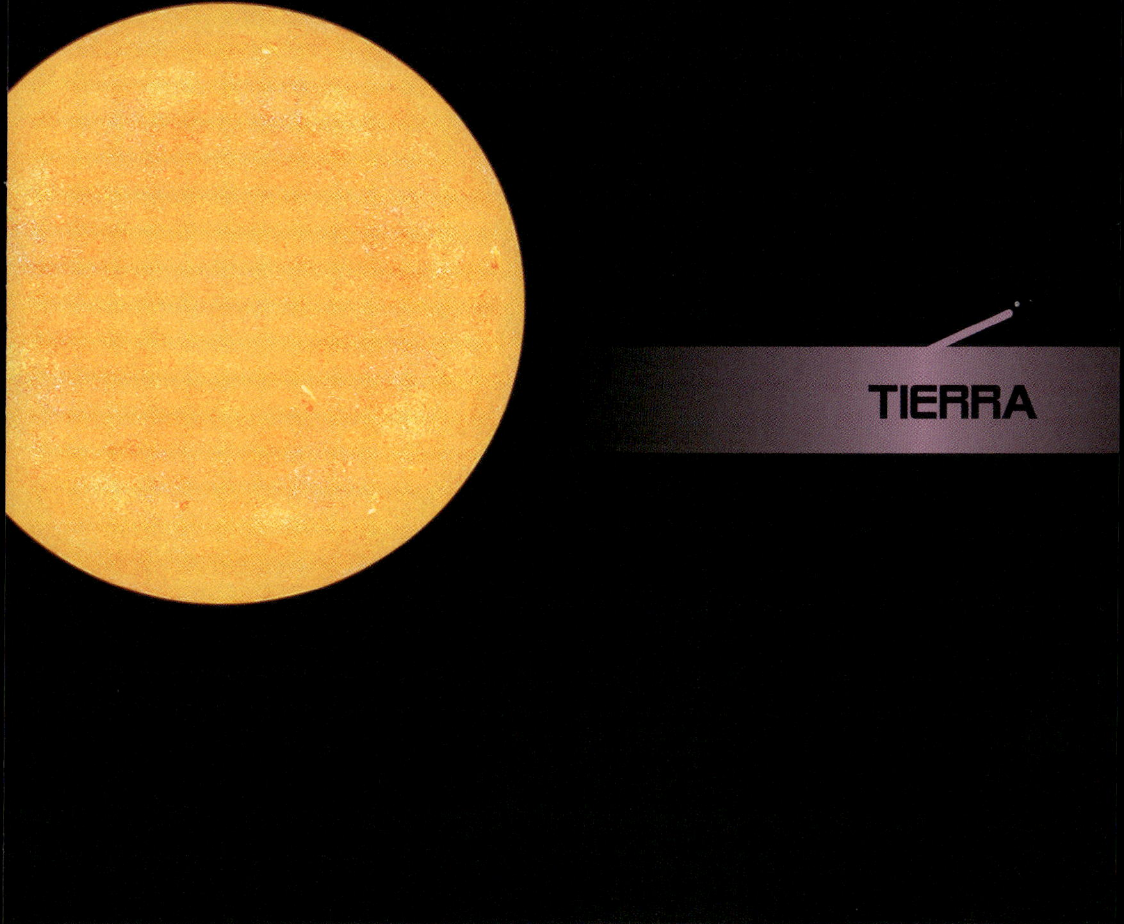

SI QUIERES SABER MÁS

La Tierra está a unos 93 millones de millas (150 millones de kilómetros) del Sol. No orbita el Sol en un círculo exacto. A veces, está un poco más cerca o más lejos.

¡TAN CALIENTE!

En el núcleo del Sol, la **temperatura** es de unos 27,000,000 ºF (15,000,000 ºC). En la **superficie** solar, o fotosfera, es de unos 10,000 ºF (5,500 ºC). La energía del núcleo viaja a la fotosfera muy lentamente, y puede tomarle ¡hasta un millón de años!

SI QUIERES SABER MÁS

La luz de la fotosfera solar necesita alrededor de ocho minutos para llegar a la Tierra.

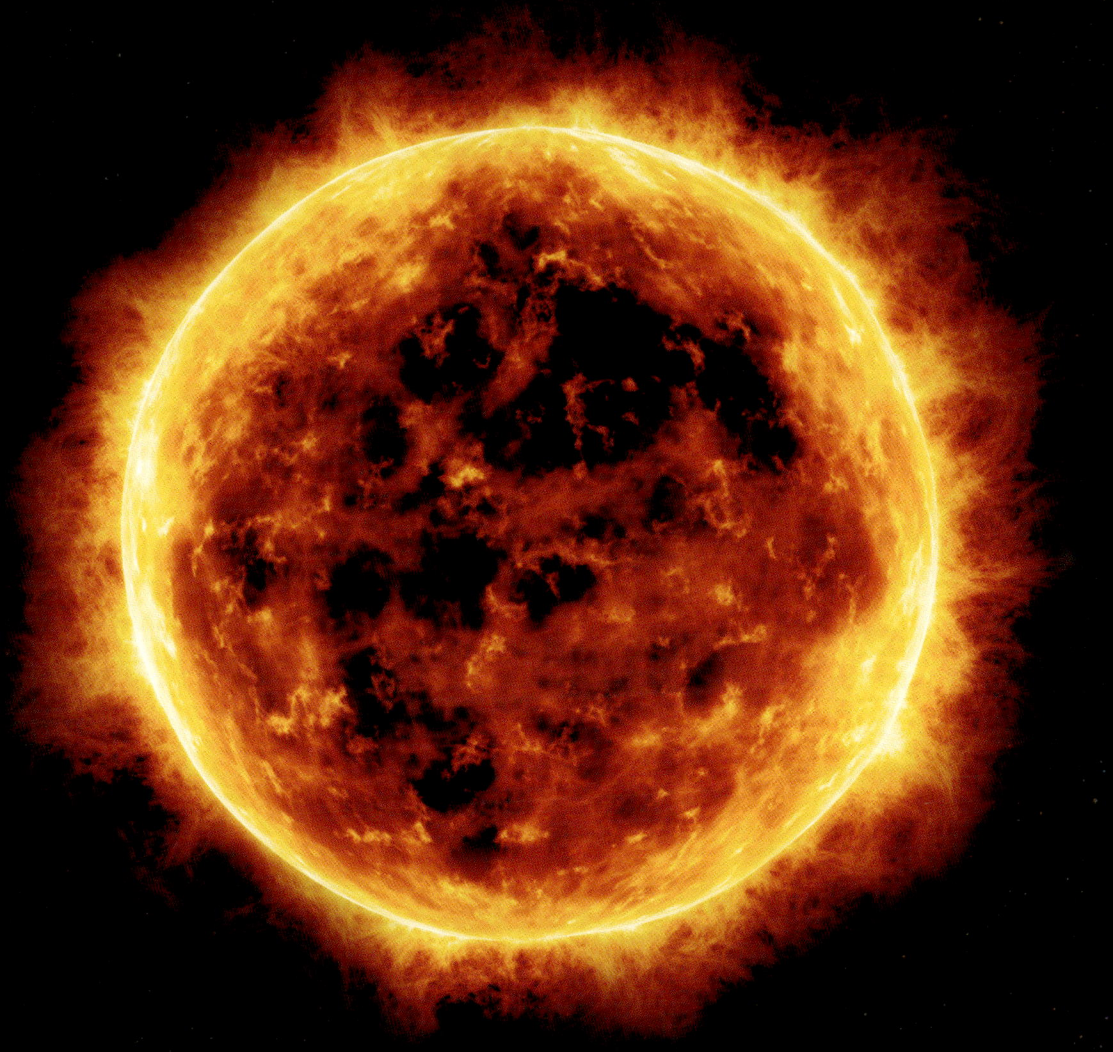

VIENTO SOLAR

El Sol también envía **partículas** al espacio que forman lo que se llama *viento solar*. La mayoría es bloqueada por el **campo magnético** de la Tierra. Las que logran atravesarlo se mezclan con gases y causan las luces en las zonas polares de la Tierra; las llamamos *auroras*.

SI QUIERES SABER MÁS

Las auroras ocurren en Júpiter, Saturno, Urano y ¡en Neptuno también!

TAMAÑOS Y COLORES DE LAS ESTRELLAS

Podrías pensar que el Sol es una gran estrella y que parece mucho más grande que otros astros del cielo nocturno. Sin embargo, hay estrellas mucho más grandes que nuestro Sol y más pequeñas que él. Están tan lejos que parecen diminutas.

SI QUIERES SABER MÁS

Las estrellas más grandes se llaman supergigantes. Las más pequeñas, enanas rojas.

Las estrellas pueden ser de diferentes colores; nos dan pistas sobre cómo arde la estrella. Las más calientes son azules, las más frías, rojizas. Nuestro Sol se ve blanco y ello indica que su temperatura superficial se encuentra entre estos dos extremos.

SI QUIERES SABER MÁS

La superficie de la estrella roja Betelgeuse está a unos 3200 °C (5800 °F). La estrella azul Rigel, a unos 10,700 °C (19,300 °F).

Nuestro Sol es una estrella enana amarilla; se llama así por su tamaño y color. Las estrellas supergigantes rojas pueden tener más de 100 veces el diámetro del Sol. Las enanas blancas son mucho más pequeñas que el Sol o, aproximadamente, del tamaño de la Tierra.

SI QUIERES SABER MÁS

Antares es una estrella supergigante roja. En esta foto, se puede ver la diferencia de tamaño con nuestro Sol. Sin embargo, ¡hay estrellas aún más grandes!

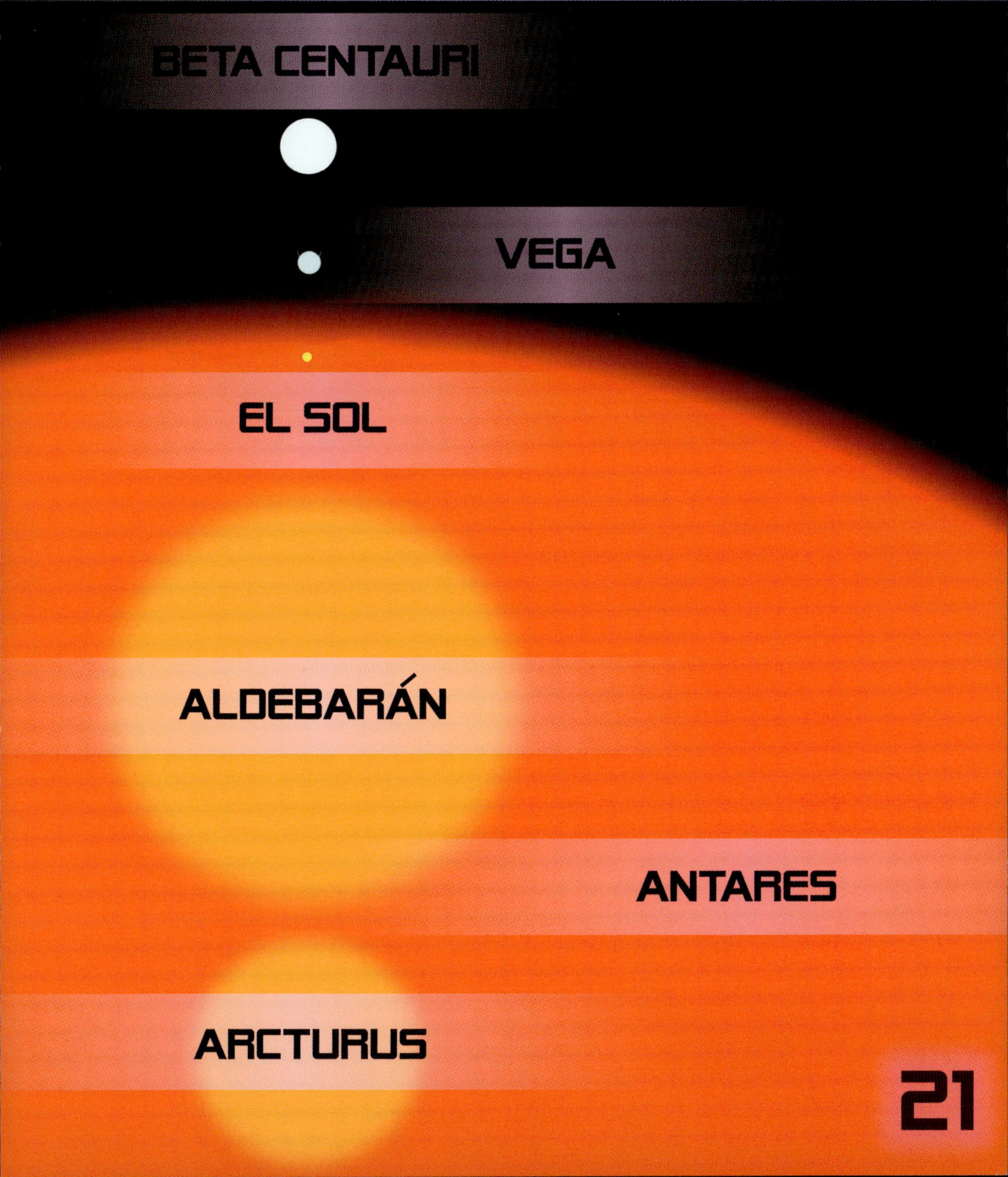

NACE NUESTRA ESTRELLA

Como todas las estrellas, nuestro Sol se formó en una nube de gas y polvo llamada *nebulosa*. Las fuerzas causaron que la materia de la nebulosa se juntara y originara un núcleo caliente de polvo y gas llamado *protoestrella*. Esta se convirtió en nuestro Sol.

MESSIER 16,
UNA NEBULOSA FORMADORA DE ESTRELLAS

SI QUIERES SABER MÁS

Nuestro Sol tiene unos cuatro **billones** y medio de años. Los científicos creen que arderá durante unos 5,000 millones de años más.

Cuando el Sol muera, arderá brillantemente como una estrella gigante roja. Luego, se convertirá en una enana blanca más pequeña, con un caparazón de gas a su alrededor llamado *nebulosa planetaria*. Finalmente, la estrella enana blanca se quemará y se convertirá en una enana negra.

SI QUIERES SABER MÁS

Cuando el hidrógeno del Sol casi haya desaparecido, quedará un núcleo de helio. El helio se calentará y colapsará, originando la luz y el calor de una estrella gigante roja.

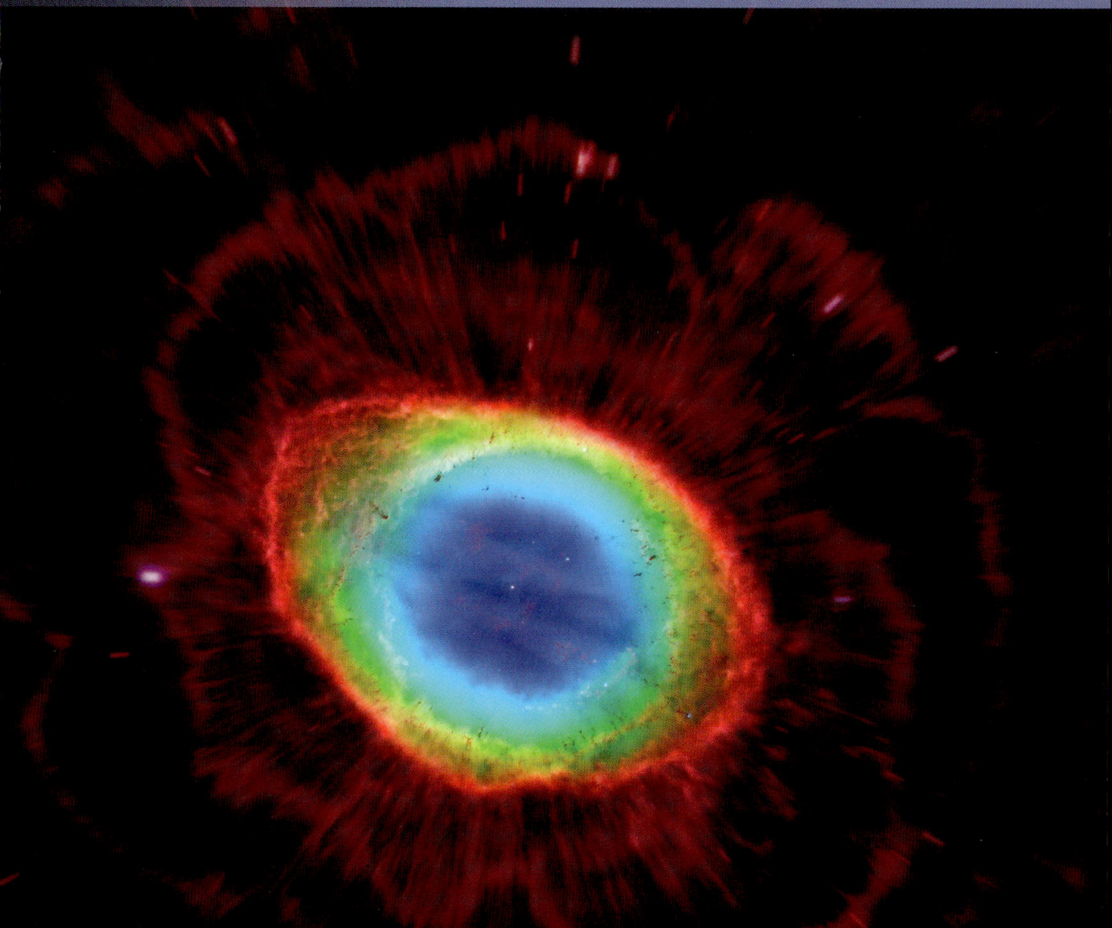

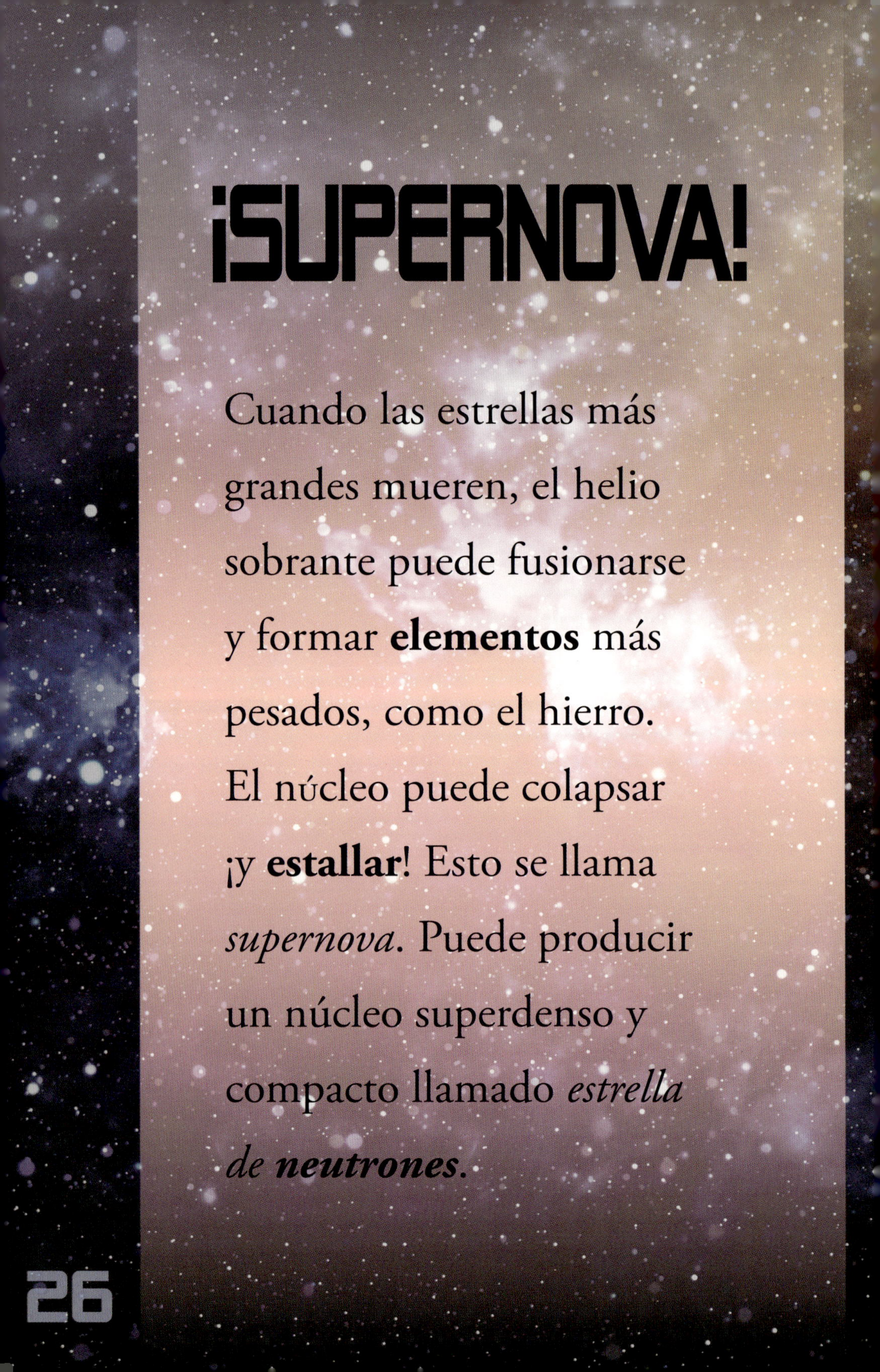

¡SUPERNOVA!

Cuando las estrellas más grandes mueren, el helio sobrante puede fusionarse y formar **elementos** más pesados, como el hierro. El núcleo puede colapsar ¡y **estallar**! Esto se llama *supernova*. Puede producir un núcleo superdenso y compacto llamado *estrella de* ***neutrones***.

NEBULOSA DEL CANGREJO, DESPUÉS DE UNA SUPERNOVA

SI QUIERES SABER MÁS

Algunas estrellas se colapsan y pueden fomar agujeros negros. Estos son lugares con una poderosa fuerza de gravedad que atrae todo lo que se acerca ¡hasta la luz!

LAS ESTRELLAS SE RECICLAN

Cuando las estrellas explotan, emiten materia que se mezcla con gas y polvo en el espacio. Esta mezcla da origen a nuevas estrellas y nuevos sistemas estelares. De esta manera, las estrellas reciclan la materia. ¡Los científicos aprenden cada día más detalles sorprendentes sobre las estrellas!

SI QUIERES SABER MÁS

Los científicos han descubierto que sistemas estelares mantienen dos estrellas que orbitan la una en torno a la otra, como el sistema Kepler-47.

CICLOS DE VIDA DE LAS ESTRELLAS

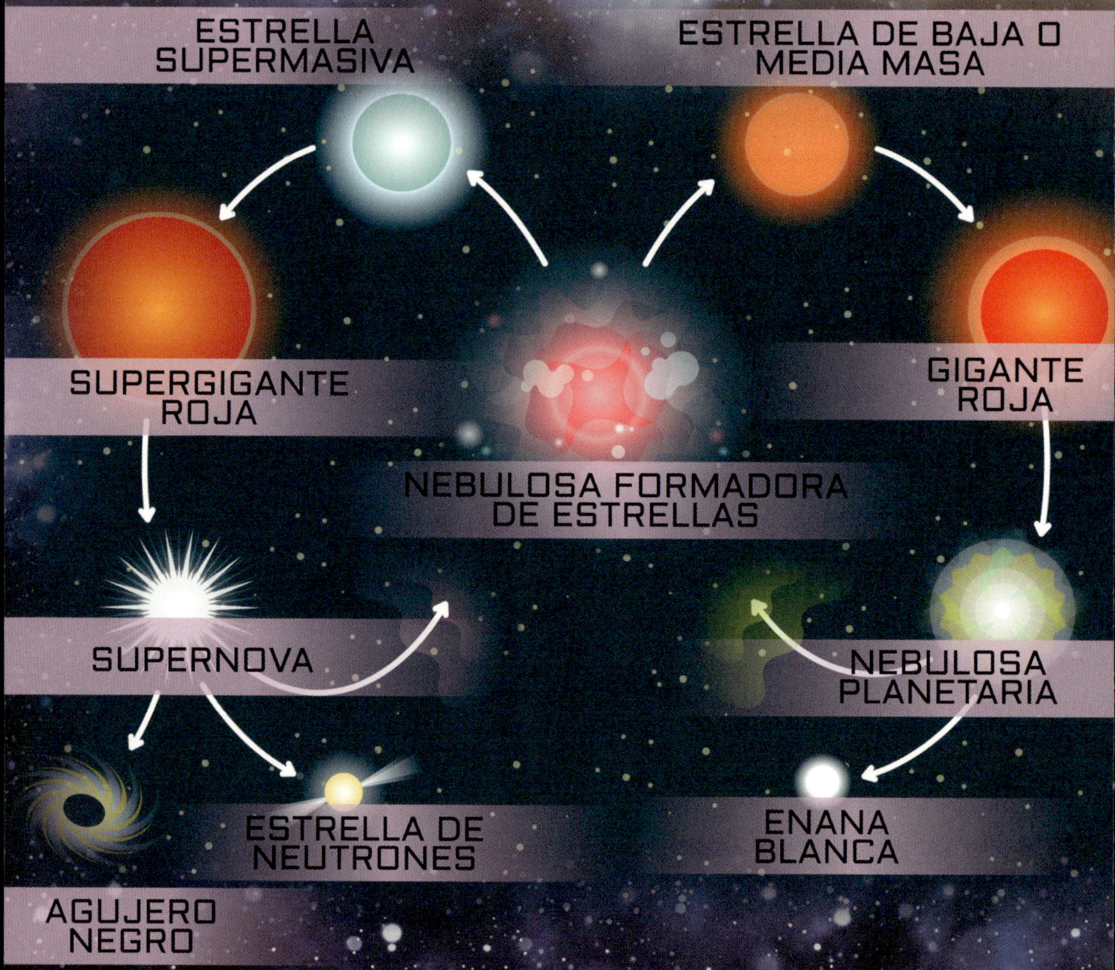

GLOSARIO

billón: mil millones.

campo magnético: área alrededor de un imán donde se siente su atracción. La Tierra tiene un campo magnético.

diámetro: la distancia de un lado de un objeto redondo a otro, a través de su centro.

electricidad: forma de energía que se transporta a través de cables y que se utiliza para hacer funcionar máquinas.

elemento: materia, como el hidrógeno, que es pura y no contiene ningún otro tipo de materia.

estallar: romperse repentinamente y con gran fuerza.

millón: 1,000,000.

neutrón: partícula muy pequeña de materia sin carga eléctrica que forma parte de casi todos los átomos.

órbita: describir un círculo u óvalo alrededor de algo, o el camino utilizado en ese viaje.

partícula: fragmento diminuto de algo.

presión: fuerza que empuja sobre otra cosa.

proceso: serie de pasos o acciones necesarios para completar algo.

superficie: capa superior de un planeta, estrella u otro cuerpo espacial.

temperatura: cuán caliente o frío está algo.

PARA MÁS INFORMACIÓN

LIBROS

Crane, Cody. *The Stars*. New York, NY: Children's Press, 2018.

Rathburn, Betsy. *The Sun*. Minneapolis, MN: Bellwether Media, 2019.

SITIOS DE INTERNET

Star Facts for Kids

www.sciencekids.co.nz/sciencefacts/space/stars.html
Colección de datos amenos sobre las estrellas.

Sun

spaceplace.nasa.gov/menu/sun/
Muchas respuestas a tus preguntas sobre el Sol.

Nota del editor para educadores y padres: nuestro personal especializado ha revisado cuidadosamente estos sitios de Internet para asegurarse de que son apropiados para los estudiantes. Muchos sitios de Internet cambian con frecuencia, por lo que no podemos garantizar que posteriores contenidos que se suban a esas páginas cumplan con nuestros estándares de calidad y valor educativo. Tengan presente que se debe supervisar cuidadosamente a los estudiantes siempre que tengan acceso al Internet.

ÍNDICE

aurora, 14, 15
calor, 4, 5, 25
color, 18, 20
diámetro, 8, 20, 31
energía, 4, 5, 6, 12
fotosfera, 12, 13
gravedad, 10, 27
helio, 6, 7, 25, 26
hidrógeno, 6, 7, 25
masa, 8, 9, 10
nebulosa, 22, 23, 24, 27, 30
núcleo, 6, 7, 12, 22, 25, 26
órbita, 9, 10, 11, 29, 31
supernova, 26, 27
Tierra, 4, 8, 11, 13, 14, 20